NAUFRAGE

DE LA

"Ville-de-Saint-Nazaire"

PAR

PADOVANI

Officier d'administration de 1ʳᵉ classe en retraite

AJACCIO

IMPRIMERIE NOUVELLE ROBAGLIA & ZEVACO

—

1897

NAUFRAGE

DE LA

" Ville-de-Saint-Nazaire "

Comme il file gaîment,
A largué toute voile
Emporté par le vent,
Nul nuage ne voile
Le ciel resplendissant ;
Et la lune limpide
Se reflète dedans
L'immense plaine humide.

Oh ! le beau temps sur mer !
Une légère brise
Semble planer dans l'air
Ainsi qu'un chant d'église,
Murmure sur le flot
Qui s'agite sans cesse,
A peine fait rider l'eau
Qu'elle berce et caresse.

Et puis quel paquebot !
Puissante est l'armature,
Il est grand, il est beau
Et pas une fêlure,
Et tout va bien à bord ;
Le navire est solide
A babord, à tribord
On ne voit aucun vide.

Matelots, passagers
Font la causette ensemble
Sans souci des dangers,
Car aucun grain ne semble
Obscurcir l'horizon ;
La nuit s'annonce belle
Et le voyage bon,
Vogue donc, la nacelle !

Ce sont des chants joyeux,
Car l'on cause et l'on chante
Et le marin heureux
Déjà dresse sa tente
Sous l'immense ciel bleu ;
Heureux d'avoir sa place,
De sommeiller un peu
Au grand frais dans l'espace ;

Sous l'étoile de Dieu
Ainsi dormant à l'aise
Il reprend ses travaux
Gaîment et sans malaise ;
Il fait si bon dormir
Quand le roulis caresse
Ainsi qu'un doux soupir
D'une chère maîtresse.

O bonheur sans pareil !
Le rêve le plus tendre
Vient bercer son sommeil,
C'est qu'il croit voir, entendre
Son plus petit enfant,
Sa femme ou fiancée,
Son père vieillissant,
Sa mère désolée,

Car, tous ces êtres chers
Et toute la famille
Voyagent sur les mers ;
C'est un point noir qui brille,
Un phare en le lointain
Qui soutient le courage
De tout vaillant marin,
O rêve ! ô mirage !

Il poursuit le marin
Quel qu'il soit, le rêve
Le poursuivra sans fin
Et sans répit ni trêve
L'encourage toujours,
L'attriste et le charme
Et les nuits et les jours
Le soutient et l'alarme.

Fort il trime ici-bas,
Pour lui la vie est dure
Et toujours il combat,
La frêle créature,
Contre les éléments
Déchaînés, la tempête
Qui gronde en mugissant,
Oh ! la lugubre fête !

Vous dormez, le réveil
C'est la mort qui vous guette
Pendant votre sommeil,
La mort stupide et bête
Qui s'empare de vous ;
Elle veille dans l'ombre
La camarde en courroux
Et la mer est là, sombre.

Sauve qui peut ? debout !
Voilà le cri d'alarme
Qui retentit partout,
Le danger aucune arme
Ne peut le conjurer ;
On est là sans défense
On ne peut éviter
Du destin l'inclémence.

Et l'impitoyable arrêt :
L'eau pénètre, s'infiltre,
Le bateau disparaît
Dans le gouffre sinistre,
Béant qui l'engloutit
Et recouvre sa tombe,
Tel un plateau moisi
Qu'on lève et qui retombe.

L'immense paquebot
N'est plus même un atome,
Il sombre dans le flot
Ainsi qu'un vain fantôme ;
Matelots, passagers
Voguent à la dérive,
Bravant mille dangers
Pour atteindre la rive,

Sur de frêles canots;
Entre le ciel et l'onde
De ces obscurs héros
L'épouvante profonde
Qui redira jamais ?
Leur sublime courage
Sera-t-il désormais
Proclamé d'âge en âge ?

Dieu mesure le vent :
Barque désemparée
Au terrible ouragan
Sera-t-elle livrée ?
Le rivage ou la mort,
Par la nuit la plus sombre,
Tel est le triste sort
Qui se dresse dans l'ombre.

C'est fini, plus d'espoir :
La mer est en furie,
Le morne désespoir
Engendre la folie
Qui vous saisit vivant ;
Ce mal stupide et louche
Fait de l'être pensant
Un animal farouche.

Elle aide le bourreau
A consommer le crime
Et creuse le tombeau
De la pâle victime.
Martyr inconscient
Dans le flot il s'engouffre
Sous le ciel menaçant,
Disparait dans le gouffre

Dans le gouffre béant
Pour servir de pâture
Au requin dévorant,
Lamentable aventure ;
Ce sont, ô Dieu puissant,
Etres à ton image
Et si l'homme est méchant
N'es-tu pas juste et sage ?

Parmi les naufragés
Est une pauvre femme
Qui donne aux passagers
Les soins qu'on lui réclame ;
Cet être au cœur aimant
Qu'emporte le délire
Succombe tristement
Et dans les bras expire

D'un sublime héros,
Le vaillant capitaine
Qui cache aux matelots
Sa tristesse et sa peine ;
Il voile sa douleur,
Met un frein à ses larmes
Pour ne pas, ô stupeur !
Accroître les alarmes

Des pauvres malheureux
Confiés à sa garde :
O le plus grand des preux !
L'univers te regarde,
Il acclame ton nom,
T'admire et te contemple,
T'ouvre le Panthéon,
Des demi-dieux le temple.

Cet homme au corps durci
Et dont robuste est l'âme,
Qui n'a jamais fléchi,
Que le danger enflamme,
Eloigne la terreur,
Relève le courage
Et ranime l'ardeur
Du petit équipage ;

Refoule au fond du cœur
Les regrets et les plaintes
Qu'inspire le malheur
Sans soupirs, sans complaintes
Et sans gémissements,
Immerge la victime,
Console les mourants
Qui, penchés sur l'abîme,

Regardent consternés ;
Alors qu'il désespère
Montre aux infortunés
Tout près, tout près la terre
Et le salut prochain,
Ravivant l'étincelle
D'un espoir incertain
Et jusqu'alors rebelle ;

Et voici qu'en effet,
On distingue une voile
Que l'on voit assez près
Briller comme une étoile,
Etoile du matin,
Etoile d'espérance,
Apportant au marin
Salut et délivrance,

La tristesse s'en va
Et la plus vive joie
Qui déborde déjà
Sur les fronts se déploie ;
C'est le salut enfin !
On renait à la vie
Et l'on revient soudain
D'une longue agonie ;

Mais, sacrilége ! horreur !
Illusion amère !
Le bateau sauveteur
En qui tant on espère,
Insensible et sans voir
Le canot en déroute
S'éloigne.... plus d'espoir !
Poursuit au loin sa route

Sous les cieux incléments ;
De sauver il dédaigne
Ces marins haletants
Dont le pauvre cœur saigne.
C'est un acte odieux
Incroyable, cynique,
Et le plus monstrueux
Que cite la chronique

Des voleurs, des brigands,
Pirates et corsaires,
Des plus lâches forbans
Cachés dans leurs repaires,
Qu'engendre de ses mains
Celui dont la puissance
A tous êtres humains
Donne vie et naissance.

Passagers, matelots,
Après si grand déboire,
Eclatent en sanglots,
Oh ! lamentable histoire !
De se plaindre et gémir.
Dieu n'est pas secourable,
Il leur faudra mourir
O ciel impitoyable !

Seul il espère encor,
Seul il est impassible
Ne croit pas à la mort ;
« Mes amis, c'est visible
« Et pourquoi donc gémir ?
« Si le bateau délaisse
« De venir secourir
« La chaloupe en détresse

« C'est, il n'en faut douter,
« Que proche est le rivage ;
« Nous allons atterrer,
« Donc, amis, du courage !
« Je vous donne ma foi,
« Ma foi de capitaine,
« Cessez donc votre émoi
« La victoire est certaine. »

Le ciel sans doute ému
Par ce pieux mensonge
Laisse voir à l'œil nu
— Et ce n'est pas un songe —
Un bateau plus humain ;
Il accourt, il arrive,
Les aborde soudain
En s'écriant : qui vive !

— De pauvres naufragés,
Des matelots, des hommes
Exposés aux dangers
Comme nous tous le sommes.
— Assez... l'on monte à bord
Et là chacun s'empresse
De restaurer ces corps
Que la fatigue oppresse.

Ce tendre dévoûment
Auprès de l'équipage
Supprime pour l'instant
L'acte infâme, sauvage,
Encore tout palpitant,
Et, presque l'on oublie
Du lâche sacripan
La noire félonie...

Et tous les survivants
De *Ville-de-Saint-Nazaire*,
Tous hommes bien pensants
Ne peuvent assez faire
Pour acclamer le nom
Du marin magnanime
Qui s'élance d'un bond,
Brille, atteint la cime

Où planent les héros
Qui, du devoir victimes,
Luttent contre les flots,
Héros obscurs, sublimes.
On demande la croix
Pour sa noble poitrine ;
Il l'aura, je le crois ;
Si Félix Faure opine

Il sera chevalier
Et c'est le premier grade :
On ne peut déroger,
Admettre une escalade
Unique en sa faveur
Et le nommer d'emblée
Officier, commandeur.
Une telle envolée

Serait bien, cependant,
Bien admise, exemplaire,
Car un homme si grand
Doit être dignitaire ;
A qui si bravement
Montra tant de vaillance
On ne peut décemment
Nier la récompense.

Plus ou moins de ruban
C'est une mince affaire,
Ce qu'il faudrait pourtant,
Et le plus vite faire,
C'est d'inscrire leur nom
Dans nos livres d'histoire,
De sceller leur renom,
Leur sublime mémoire

Sur un socle immortel
En fonte, même en pierre,
Leur dresser un autel
Que la France vénère
Comme des demi-dieux
Et transmettre à tout âge
En tout pays, tous lieux,
De ces héros l'image.

De ce trio vainqueur
Qui prodigua sa vie
Bravant d'un si grand cœur
La mer et la folie
Et tous les éléments,
Qu'assouvissant sa haine,
Pour punir les méchants,
Pluton ou Dieu déchaîne...

J'ai voulu raconter
Tout ce long épisode
Qu'il conviendrait chanter
Dans un poème, une ode ;
Mais l'illustre Hugo
Pourrait seul sur sa lyre
Ces sublimes héros
Et chanter et décrire.

Et mes modestes vers
Ne sont qu'un faible hommage
Qu'un simple fait divers
A fait naître et propage.
Je le dis humblement
N'ai pas l'outrecuidance
De chanter dignement
La vertu, la vaillance

De ce triumvirat
Dont la France est si fière
Et qui d'un vif éclat
Remplit la terre entière,
Vous, Jagueneau, Berry
Oh ! vous êtes des hommes
Avec Nicolaï
Ainsi que nous le sommes ;

Et vous êtes humains
Ainsi qu'on devrait être
Ainsi que le destin
Devrait nous faire naître.
Vous étiez des vilains,
Une grande déesse
Vous donne parchemins
Et titres de noblesse.

Un illustre blason,
Les lauriers de la gloire ;
Elle inscrit votre nom
Au temple de Mémoire,
Grave dans tous les cœurs
Vos actes d'héroïsme,
Vous, les grands sauveteurs
Par ces temps d'égoïsme.

Et vous êtes Français
Que l'univers honore,
Célèbres désormais
Du couchant à l'aurore ;
L'esprit le plus rêveur
Plus ou moins orthodoxe,
Le plus libre penseur,
Ami du paradoxe

Tous avecque ferveur
Sincères et sans feinte
Voudront prier en chœur
Et dans l'auguste enceinte
Avec l'Humanité
Qui, groupée en phalanges,
De cette trinité
Chantera les louanges.

Trinité de héros,
Humblement, sans mystère
Tu resplendis si haut
Que chacun te vénère !
Générale est ta foi,
Tu ne fais pas de schisme,
Car, chacun de nous croit
Surtout à l'héroïsme.

Si Plutus, le veau d'or
Ternit les caractères,
Il est, il est encor
Des hommes grands, austères
Qui ne peuvent déchoir
Que soutient le courage,
La vertu, le devoir,
Des héros l'apanage.

Et ta religion
Sera toujours durable,
C'est un culte sans nom,
Ni légende, ni fable,
Le culte du devoir
A l'immortelle flamme
Qui nous remplit d'espoir
Et fait vibrer notre âme;

Qui groupe les Français
Sous la même bannière
Et son charme discret,
Qui n'est point éphémère
A de brillants atours
Qu'on recherche, qu'on aime,
Qui dureront toujours,
Autant que l'homme même.

Honneur, gloire, salut !
Aux héros magnanimes
Et qu'un juste tribut
De respects unanimes
Leur soit partout rendu.
Célébrons leur courage,
Honorons leur vertu
Par un public hommage.

PADOVANI,

Officier d'administration de 1re classe
en retraite

Ajaccio. — Imp. Nouv. Robaglia et Zevaco

www.ingramcontent.com/pod-product-compliance
Lightning Source LLC
Chambersburg PA
CBHW061413170626
46811CB00005B/1975